U0853261

达尔文叔叔的奇妙博物馆

[韩] 崔恩英 著 | [韩] 尹知会 绘 | [韩] 张洙哲 审定 | 张遥慈 译

中信出版集团 | 北京

图书在版编目（CIP）数据

达尔文叔叔的奇妙博物馆 /（韩）崔恩英著 ；（韩）尹知会绘 ；张遥慈译. -- 北京 ：中信出版社，2021.9（2021.10重印）
ISBN 978-7-5217-3390-7

Ⅰ. ①达… Ⅱ. ①崔… ②尹… ③张… Ⅲ. ①儿童故事—韩国—现代 Ⅳ. ① I312.685

中国版本图书馆 CIP 数据核字（2021）第 148654 号

과학의 기초를 잡아주는 처음 과학동화 2
다윈 아저씨네 수상한 박물관
Copyright © 2015 by Choi Eun Yung, Yun Jee Hee
All Rights Reserved.
Original Korean edition published by Gimm-Young Publishers, Inc.
Simplified Chinese translation copyright © 2021 by CITIC Press Corporation
Simplified Chinese Character translation rights arranged through YOUBOOK AGENCY, CHINA
本书中文简体字版权由玉流文化版权代理公司独家代理
ALL RIGHTS RESERVED
本书仅限中国大陆地区发行销售

达尔文叔叔的奇妙博物馆

著　　者：[韩] 崔恩英
绘　　者：[韩] 尹知会
译　　者：张遥慈
出版发行：中信出版集团股份有限公司
（北京市朝阳区惠新东街甲 4 号富盛大厦 2 座　邮编　100029）
承 印 者：天津联城印刷有限公司

开　　本：880mm × 1230mm　1/32　　印　　张：4.25　　字　　数：63 千字
版　　次：2021 年 9 月第 1 版　　印　　次：2021 年 10 月第 3 次印刷
京权图字：01-2021-2619
书　　号：ISBN 978-7-5217-3390-7
定　　价：25.00 元

版权所有 · 侵权必究
如有印刷、装订问题，本公司负责调换。
服务热线：400-600-8099
投稿邮箱：author@citicpub.com

希望大家能更早懂得科学的重要性！

出版社建议我出一本简单易懂的科学童话书。我就找了几乎所有有关进化论的书籍，读了几天几夜。我知道了达尔文花费了多长的时间去研究地球上的生物和地理才提出了进化论，我也知道了有了达尔文，我们现在才能推断出地球的过去、观测到地球的现在、预演出地球的未来。这是一项非常伟大的事业。

我读着达尔文，遇到了四位性格各不相同的朋友。他们也是在读书中感受到了科学的重要性。

大家和这四位朋友一起开始学习进化论吧。希望大家也能感受到科学的必要性和重要性。

怀着对达尔文的尊敬之心

崔恩英

2015 年 10 月

目 录

小谜题：

为什么有些动物明明很强壮，却还是灭绝了，没有存活到现在呢？

最差的小组

·适者生存·

“第五组请起立。”老师说。

我拿着写有数字五的纸条站了起来。第一排的小宝也站了起来。我赶紧看了下周围。坐在后门旁边的景焕、坐在小宝后排的子言也苦着脸站了起来。

“俊西、小宝、子言、景焕，你们四个是第五组。”老师把组员的名字记好后，抬起头说道。我坐了回去，低下头，不知不觉中，我也苦恼了起来。

“果然，我不适合抽签。”

老师说要让大家抽签定一下小组，以小组为单位写科

哈哈哈
哈哈哈
哈哈哈
俊西、小宝、子言、景焕，你们四个是第五组。

学研究报告。老师这么做主要是为了让大家不要只跟平时玩得好的小伙伴一起。“我们也要跟平时接触得比较少的同学一起，互相讨论问题，共同来完成作业才行哟。”老师很坚持。

即使是这样，大家还是希望能够跟平时玩得好的朋友成为一组，实在不行的话，至少要跟好说话、比较聪明的同学成为一组。但是现实却与大家期待的截然相反。

“今天定好小组后就不能换人了。各个小组要商量好报告的主题，周五之前告诉我。”七个小组都分好后，老师通知完注意事项就下课了。

大家都纷纷开始收拾书包。教室里传出了找组员的声音。我一边整理着书包，一边看着黑板旁挂着的日历。周五就是后天。要想在周五前定好主题的话，无论如何现在就要跟组员们见一面了。这时，我看到了坐在前面的小宝，而小宝也正好在看我。

“你要是都收拾好了的话就过来一下吧。”我挥手喊小宝来我座位这儿。我又看了看子言和景焕的方向。慢性子景焕还在收拾书包，但我却没看见子言。

小宝已经到了我旁边，我背上书包和小宝一起朝景焕走去。

“你知道子言去哪里了吗？”我看看周围，问景焕。

景焕耸了一下肩膀，依旧慢条斯理地整理书包。

我把包放在他旁边，说了句“我去外面找找”，就一个人来到了教室外的走廊上。我再回到教室的时候景焕似乎还在收拾书包。景焕的速度一直很慢，恐怕乌龟见到他都要喊声“大哥”。但子言却完全不同，他做什么都很快。

“为什么偏偏就跟他俩一组呢！”我越想越难过，但没办法。我决定再到楼外找找。但一直走到校门口，都没有见到子言。

这时大家都开始往校门口走，我问了其中一个同学：“你看到子言了吗？”

“老师话刚说完，他就背着包走出去了。”坐在子言后面的宝成说，他边说边笑着看我，“你们组挺有意思的。”

旁边的同学也都互相对视了一下，笑了起来。别人也觉得我们组有问题。

“有人知道子言的手机号码吗？”我赶紧转移话题。正好人群中有一个人去年跟子言同班，他告诉了我号码。

我赶紧给子言打了电话，电话里传来了优雅的古典乐声，这与子言的急性子性格好像有点不符。同龄人中也几乎没人在用古典乐做彩铃。忽然音乐声断了，电话里传来了一个人的声音：“您现在拨打的用户暂时无法接听，请在哔声后……”

子言没接电话。虽然我有点生气，但没办法，只能先回教室。

教室后面，小娟所在的第二组正围成一个圈，像是在讨论科学研究报告书的主题。窗边和讲台前也各有一组正在热烈地讨论着。

景焕和小宝占了后门旁的座位，看着大家讨论。

“子言为什么没来？”景焕眨着眼问道。

“那我们现在是不能讨论了吧？”景焕的声音变得比之前响亮了些，像挺期待我没有把子言带回来。

“今天要是不讨论的话，那就只有明天了。”我看着在讨论的那几组，内心有些许不安。

“再怎么说，也要大家人齐了，才能讨论吧。”景焕边说边从座位上站起来，背好了书包。

我第一次知道景焕的速度也可以这么快。

小宝看看我，又看看景焕。

“先等一下，我们几个先讨论一下吧。”

“要大家都齐了才能讨论呀，子言都不在，我们三个再怎么讨论也没有用呀。”话音刚落，景焕就从后门走了。

我本来想抓住景焕，但想了想，他的话也没错。我叹了口气背上了包。

“明天？”小宝走过来问我。

小宝在上小学之前一直待在马来西亚。她的爸爸是韩

国人，妈妈是马来西亚人。她的韩语讲得不是特别好。我叹了一口气，小宝的嘴巴动了动低下了头。

“是啊，我们两个能干什么呢，明天见吧。”我也背上书包走了。

“我们组一个韩语不好，一个只顾自己，一个是慢性子。我怎么就和他们一个组了呢？真是差到家了。”我低着头，加快了脚步。越想越觉得没有希望。我们的科学研究报告能顺利完成吗，噢不，我们能顺利集合吗？

“我要不跟老师说一下，把我加到别的组里？”此时我的耳边想起了老师的话——今天定好小组后就不能换人了，我暗暗感觉老师不会答应我的要求。

“算了算了，不管了，船到桥头自然直。”我一边走，一边踢着路上的一个小石子。即便是这样，我心里还是想跟老师先说一下。

就在此时，从小石子飞出去的方向传来了“啊！”的一声尖叫，紧接着传来了什么东西掉落的声音。我赶紧朝声音传来的方向跑去。

我看到有一个叔叔正捂着自己的小腿，赶紧跑上去看。“对不起，是不是弄疼您了？”

“那个，捡一下名牌。”叔叔喊道。

有一些白色的亚克力板散落在叔叔身边，上面刻着一些名字。我弯下腰去把名牌一个个捡起来。

“哎呀，我的小腿好疼。”叔叔干脆坐在了地上。

我把名牌捡起来递给了他，又对他说：“对不起。”

叔叔拿到后，一个个看了起来：“你看，这个划坏了，这个也是，还有这个。”

那几个名牌上出现了几道划痕。我低下头，挠了挠后脑勺。

“是你的错吧？”叔叔问道，听着像他一口咬定的语气。我忽然开始有点讨厌他了。

“那个石头那么小，还不至于疼到要坐在地上吧……”我心里也有点生气。

“你要是觉得自己做错了，就来做我的助手吧。”叔叔说道。

“您说什么？”我们才第一次见面，就让我做他的助

啊！
达尔文的
笔记本

手，这也太不可理喻了。我皱着眉头看着他。

“明明就只有三个名牌上有一点点划痕。”我感觉很委屈。

“哼，不管怎么样，有划痕就是有划痕了。这儿，还有这儿，看见了吗？”

这位叔叔有着很奇怪的坚持。我感到很好奇，就盯着叔叔看。

“你如果不当我的助手也可以，那我就要申请损失赔偿了。”我觉得有点无语，但又因为他说要赔偿，感到有点害怕。

“那，那助手是做什么的？”

“你看见那边半山腰的房子了吗？”

要说半山腰的房子，那就是那间已经空了半年的房子了。我朝着叔叔点了点头。

叔叔接着讲道：“我买下了那个房子，要做一个博物馆。”

说着，便打开了一张纸让我看。上面写着一些大大的字：“不高也不低，正好在中间！半山腰的新景点，奇妙博物馆诞生啦！”

“奇妙博物馆是什么呀？”

不高也不低，正好在中间！半山腰的新景点，
奇妙博物馆
诞生啦！

“就是我要建的博物馆的名字呀。”叔叔微微笑了起来。

“叔叔，您是谁呀？”我一问，叔叔就笑着自豪地说道：“要说我呀，我就是奇妙博物馆的馆长达尔文！”

“达尔文？叔叔，你是外国人？”

达尔文叔叔露出了神秘的微笑，说道：“从现在开始，你就是奇妙博物馆馆长的助理了，每天下午放学后，要马上到奇妙博物馆来！”

“你说什么？”真是不可理喻，我嘁了一声，看向这位达尔文叔叔。

“你没听懂吗？放学后就马上到博物馆来。”达尔文叔叔看着我，一字一句说道。

“我很忙，没时间。”

“什么事这么忙？”

“呃……”此刻我脑子里只能想到科学研究报告，“我还要跟同学们写科学研究报告呢。”

“这样的话最好了，你和同学们一起来吧。”

我不知道这有什么好的。我跟叔叔讲了我们组有多差。

叔叔听完之后说道：“呵呵，你真的觉得你们组是最差的吗？”

“当然啦，我们班的同学也都这么想。”我不自觉地噘起了嘴。达尔文叔叔把手放在我肩上，说道：“世界上没有什么人是最差的。重要的是你是否适应你所在的环境，以及有多适应这个环境。”

“什么？”我不太理解达尔文叔叔说的话。

达尔文叔叔继续解释道：“我们来假设一下，如果地球的环境发生了巨变，只有一个生物活了下来，你觉得活下来的那个生物会是最强的一个吗？”

我想都没想就点了点头。达尔文叔叔却摇了摇头。

“不论是多强的生物，如果地球的环境发生了巨大的变化，都无法存活。即使是再聪明的生物也一样。”

“那什么样的生物会活下来呢？”我眨着眼睛问道。

达尔文叔叔看着我回答说：“是那个最能够适应环境变化的生物！”

我觉得达尔文叔叔说得好像很有道理。但是我不太明白这和我在最差的一组有什么关系。这时达尔文叔叔讲道：“即使是最差的一组，但是以提交科学研究报告为目标，互相帮助进步的话，也可以成为最棒的一组。”

“唉！”叔叔朝着我长叹了一口气。

“成员之间都觉得互相不合适，是最差的一组，还怎么可能做到互相帮助、互相进步呢？大家从一开始就觉得这件事情已经不可能了。”我的声音也不知不觉变大了。

“从现在开始你就是我的助手了，能帮的我都会帮你！”达尔文叔叔拍了拍我的肩膀。

我皱着眉头看向他：“您怎么帮我呢？”

“明天放学后，带着你们组的同学一起来见我吧。就在半山腰的奇妙博物馆，知道了吗？”达尔文叔叔说着，给了我一张小小的名片，上面写着几个金色的字：奇妙博物馆馆长达尔文。

“我不知道大家会不会听我的……”我想把这些也说给叔叔听，但他已经朝着博物馆的方向大步走去了。“嘁，还说自己腿疼！”

我是不是说得太多了，达尔文叔叔看起来也并不是那么值得信任。

“等等，奇妙博物馆是什么？”

我又看了一下名片，心里有种奇妙的感觉。我站起来看向了半山腰，一个小房子隐约可见。“那个地方真的变成博物馆了吗？”

我的眼前浮现了叔叔喊着腿疼耍赖的样子。他听我说话的时候一脸真挚，不过他让我带我们组的同学过去这事儿到底是真心的还是只是开玩笑而已呢。

“大家会信我的话跟我来吗？”我的担心如潮水般袭来，不过我还是想尝试一下。

小谜题：

为什么不同地区的人外貌会不同？比如肤色、身高、发色等都有差别。

小组不变

·我们拥有同一个祖先·

去学校的路上，我的脚像灌了铅一样重。这并不全是达尔文叔叔的关系。

“我无所谓！”昨天晚上因为科学研究报告的事儿我给子言打了个电话，他很干脆地打断了我的话。我觉得很失败，脸一下子红了。要是被妈妈看到，肯定要问我是不是发烧了要不要去医院。我躺在床上，闷闷想着：“我做错什么了吗？他为什么要这么对我。”

我对我们组也不满意呀，但为了写科学研究报告，我们必须要一起讨论才行。

我听完子言的话，心里涌上来一股火。要不是时间很晚了，真想马上冲到他家去跟他问个明白。

门口传来了房门打开的声音，是爸爸妈妈结束了一天

的工作回来了。我不想爸爸妈妈辛苦了一天，回到家还要看到我的苦瓜脸。我照了下镜子，挤出一个满足的笑容跑出房间。但脑子里仍然像有一根针扎着我一样。

“黄子言，我们一起来讨论下科学研究报告的主题吧。”

我一边换鞋走到教室里，一边练习着待会儿要跟子言说的话。小宝和景焕跟我一起去说会比较好，这样的话，就要等到大家都在教室的时候了。

这次也只有子言不在。我把书包放在书桌旁，朝景焕走去。

“等子言来了，我们小组碰一下吧。”

景焕从容地点了点头。我又朝小宝走去。正在我要跟小宝说话的时候，教室前门被打开了，是隔壁班的同学在找我们。“科学第五组在吗？”他们问道。

景焕和小宝从座位上站了起来。

隔壁班的同学看着景焕说：“你们班主任让你们去一下办公室。”他说完就关上门走了。

小宝睁大眼睛看着我，好像在问我发生了什么事。我也不知道是什么情况，景焕微微笑了下走了出去。我和小宝也赶紧跟着一起来到了老师办公室。

“进来坐下吧。”老师指着办公室中间的圆桌说道。子言已经坐在那里了。

“诶？黄子言，我们还在教室里等着你过来呢！”景焕坐在子言旁边大声说。子言一副不耐烦的样子，把头转到了一边。

这时，老师也坐了下来。“你们组的科学研究报告的主题是什么呀？”

我们看着彼此，一脸茫然。

“别的组已经开始讨论主题了，你们组还没开始吗？”

“我才不要在第五组呢！”子言执拗地说道。

我好像明白了子言会在老师办公室，以及老师把大家都喊过来的原因了。

老师问子言：“为什么呢？”

我也转过头去，想听听他的答案。子言的脸一阵青一阵红，看向老师。

“你能跟我说说理由吗？”

子言听了老师的问题，看了看小宝，大声说："我不想跟外国人一组！"

话音刚落，小宝睁大了眼睛。

"这里哪里有外国人啊？"老师低声问道。

"老师你不是也知道吗？"

子言露出一副不屈服的样子。老师看了一眼小宝，小宝低着头咬着嘴唇。

"小宝是韩国人呀。"

"她只有一半是韩国人，另一半是外国人！"子言提高了音量，坚定地说道。

"好吧，地球上确实有很多国家。**可生活在地球上的我们，都是同一个祖先呀。**"

"这怎么可能？"子言生气地问道。

我和景焕呆呆地看着老师和子言。小宝依旧低着头。

"我们都是由蛋白质、脂肪、碳水化合物、核酸等分子结构组成的。只是因为生活环境的不同，通过不同的变异导致了核酸的信息产生差异，从而导致其他分子也不同，最终就变成了大家的长相不同。所以，归根结底我们

我不想跟
外国人
一组!

都是来自同一个祖先的呀。”

“就算是，”子言喘了口气，说道，“小宝韩语说得不好。”

“这就是你不愿在第五组的原因吗？”

子言点了点头，老师看向我和景焕。

“你们怎么想？”

“我无所谓！”景焕说着，声音依旧轻快响亮。

我悄悄看了一眼小宝，她依旧盯着地板，黑黑的脸变得通红。不知道为什么，我觉得她有点可怜。

“虽然小宝韩语说得不好，但她很聪明而且很文静。”我回答道。

老师听了点了点头，露出了微笑。

“老师觉得你们组要是能齐心协力的话，一定能写出很棒的报告。虽然每个人都有些不同，不过如果能够取长补短，一定会成为很棒的小组。”听了老师的话，景焕用力点了点头，子言和小宝没有反应。

老师看着我们，我不知道说什么好，只能看着桌子。时间一分一秒地过去，这时，老师说道：“分组一旦决定了，就不能换了。所以，大家就不要抱怨了。第五组的主题要老师来帮你们定吗？”

子言和小宝点了点头，我和景焕也看向了老师。

老师笑着说：“你们去研究一下进化吧。”

“进化？”我们齐声问。

“我觉得这个主题特别适合你们。组长就由俊西来当，这是老师为了你们整组的团结特别选的。”

子言皱起了眉头。

“有什么意见吗？”

“我没有。”不知道景焕是不是因为定了主题太开心，身体都晃了起来。

“我也没有。”小宝细声说道。

老师看了看我。我很在意子言。

“我觉得组长还是由子言来……”

“你来当！”我还没说完，子言就打断了我的话。

老师拍了一下手站了起来。

“那么，你们组的主题和组长都已经定好了，大家就互相帮助，写出一份漂亮的报告吧。下周要上交，知道了吗？”

老师话音刚落，就响起了上课铃。我们跟老师说了声再见，离开了办公室。子言长出了一口气，朝教室走去。我看着子言的背影，叹了一口更长的气。

课间休息的时候，大家都聚在一起讨论主题的事情，我们组因为已经决定好了，就没有必要讨论主题了。不过还是要讨论一下每个人的分工。但一到课间，子言就又不在座位上了。

我提前给子言发了短信，一到午饭时间，我就马上跑到子言的座位上。子言刚从座位上站起来准备要走，我就叫来了景焕和小宝。

“先吃了饭再说不行吗？”景焕转了一下眼睛看着我说。

小宝跟之前一样，没有说话。我担心子言又跑了。

“那饭后在图书馆门口见吧，可以吗？”子言说完就站了起来。他看了一下我，我不自觉地点了点头。他像风一样朝餐厅走去。

午饭后，我们组终于第一次聚在了一起。但是大家都无法掩饰自己的不自在。

“我们先分头去图书馆里找一下什么是进化。然后第五节课课间的时候再碰头。”子言说。

子言已经想好了要怎么做。作为组长的我有点不好意思，但是我决定不要太在意。子言能够积极参与小组活动的话，事情也能更快地推进下去。我们对子言的意见表示赞同，一起往图书馆走去。

跟进化有关的书，比我想象的多多了。我选了一本名叫《进化是什么》的书，翻开后，在最前面看到了一个熟悉的名字。

“进化研究的先驱——达尔文？”

我伸到口袋里拿出皱巴巴的名片，名片上分明写着“达尔文”三个字。书上写着达尔文是1809年出生的，跟昨天看到的叔叔绝对不可能是同一个人。

“要不去找下叔叔？”比起翻书，去奇妙博物馆找跟进化研究的先驱达尔文同名的叔叔帮忙似乎更有意思。整个午休时间，我都一直在图书馆看书。

第五节课下课后，我们跟其他组一样，聚在教室后面开始讨论。

“读了书也不知道进化是什么东西。真没意思，这么难。”景焕一脸无奈地说。小宝点了点头。子言看着我问：“你觉得怎么样？”

“达尔文是研究进化的先驱。你们知道先驱是什么意思吗？就是什么事情都比其他人更早一步开始研究的意思。”

听了我的话，大家点了点头。

“你们知道更神奇的是什么吗？我昨天见到一个人，那个人就叫达尔文。”我刚说完，景焕就睁大了眼睛。

“你说有一个韩国人叫达尔文？”

我想起了叔叔的脸，叔叔有深凹的眼睛和褐色的头发。但也很难说他是外国人，毕竟他说着一口流利的韩语。

我没有直接回答他的问题，我把叔叔的名片拿了出来。

“奇妙博物馆是什么？”子言皱着眉毛问我。

我一时回答不上来。达尔文叔叔给了我名片之后，虽然我们聊了很多，但是我没有问他这是个什么地方。“这我也不知道，但是叔叔说了会帮我们的。”我犹豫着说。

“那我们一起去看看吧！”景焕大声说。

“你知道那是什么地方吗？”子言反问道。

“说是在半山腰。”我说道。

“那我们也不知道那是个什么地方呀！”子言认真地说。

“所以才更有趣呀。我们一起去看看吧，怎么样？”

景焕晃着子言的手说。小宝也露出一副渴望的表情。

子言朝我说："组长，你来做决定吧。"

"好，那我们就一起去吧！"我说道。子言不情愿地点了点头。

第六节课开始了。

小谜题：

人身上有什么器官现在已经没有用处了，只留下了之前使用过的痕迹呢？

登上贝格尔号

·随着环境和生活方式的变化，部分器官仅留下了之前使用过的痕迹·

我们来到了半山腰的小房子前，用手擦了下额头的汗。出现在眼前的是一座看起来几乎马上要被拆掉的小破房子。这个房子的屋顶是现在小区里很少见的黑色屋顶，房子上有一些红色砖块和一扇发霉的木门。

怎么都看不出有人生活在这儿的痕迹，连奇妙博物馆的牌匾也没有。

“这里真的是博物馆吗？”子言一脸不满地问。

我也是第一次来，什么话也回答不上来。

“这里是博物馆吗？”子言的话里透着满满的烦躁。

我也生气了。不加分辨地相信陌生叔叔的话，我也很懊恼。

“他跟我说一定要来……让我当博物馆的助手。我也不是很清楚情况，我们进去看一下吧。”我转头看向同学们说，声音里充满了不自信。

小宝迅速看了一眼子言，点了点头。景焕也点头答应。只有子言一人的表情还很难看。我拉着子言的胳膊说道：“我们进去见见达尔文叔叔吧。”

“这地方像是有人住吗？”子言闷闷地说着，举起拳头捶胸。虽然他嘴上这样说，但也不情愿地迈开了步子。“可别告诉我真的没有人。”

我们推开了木门，走到了房子里。和外面看到的景象完全不同：四周是展示用的玻璃橱窗，中间有一艘巨大的帆船。橱窗里有很多动物，都是我第一次见到的，前面放着写有它们名字的牌子。虽然很小，但这确实是个博物馆。

“达尔文叔叔！达尔文叔叔！”我站在大船旁边大声喊道。

没有任何回答，博物馆里很安静。子言、景焕和小宝慢慢地朝我走来，聚在我旁边。实在太安静了，连我也感到有点害怕。

“有人吗？”景焕声音有点发抖。

“我们不能就这样回去。”

我咽了一下口水，看了看周围。旁边有一个板子上写着“贝格尔号”，好像是这艘大船的名字。

“稍等！这艘船的名字我在书上看到过。”子言说，声音微微发抖。

“在哪本书上看到的？”

“是图书馆里一本关于进化的书上。贝格尔号是达尔文乘坐的船的名字。”

“真的吗？”景焕和小宝睁大了眼睛，异口同声地问道。

子言点了点头。

“我们家狗的品种就是小猎犬，我很熟悉，所以看一次就记住了。”①

“那达尔文叔叔会在那艘船里吗？”

我抬头看了一眼大船。船在地板上四平八稳地停着。

“我们上去看看吧！”子言说。

“但是博物馆里的东西我们可以随便碰吗？”

“又没有人看管。”

景焕和小宝也表示同意。三个人意见统一，我之前担心的场景没有出现。我也没有必要再犹豫了。

我们踩着楼梯，伸出双手，扶住船尾，然后一个接一

① 贝格尔号又称小猎犬号。——译者注

个登上了船。船上空空的，不知道是不是展示的原因。

“我们进船舱里看看吧。”子言指着紧闭的船舱门说。

既然已经上来了，也没有不去船舱的理由了。我走到船舱，握着门把手，用力转动，就在这一瞬间，忽然开始打雷、打闪，博物馆变得一片漆黑。我们尖叫着，小宝坐到了甲板上，景焕哭了出来。

“振作一点！”子言抓着小宝说道。我也拉着景焕的手。

“我来关船舱的门！”

我刚想把船舱的门关上，忽然船向右倾斜了一下，我们都往右倒去。

“哗啦！”我们好像听到了浪的声音。这声音不像是从博物馆的广播里传出来的，像是真正的海浪，水珠从各个方向溅过来，还能闻到海水的咸味。

“这是怎么回事啊？”

我想支撑起身体，这时有一只大脚出现在我身边。

“哎哟，你尾骨还好吧？”我们听到陌生的声音，纷纷抬起来头。

“达尔文叔叔！”我喊道。

“我的助手！你果真来了！”

达尔文叔叔没有忘记我。我赶紧站了起来，走到叔叔面前。

“这是怎么回事呀？我们现在在哪里？”

“呵呵，要不先来介绍下你的朋友们？小朋友们，你们好。我是奇妙博物馆的馆长达尔文。”

达尔文叔叔若无其事地跟大家打着招呼。大家一脸蒙，跟达尔文叔叔问好。

“你们跟俊西是一组的吗？”达尔文叔叔问道。

这时，又一个浪打到了船上，船又向左边倾斜了。

“小心，尾骨会受伤的。”

达尔文叔叔抓住景焕和小宝。大家抓着达尔文叔叔的手，小心翼翼地坐在了甲板上。

“不过叔叔，尾骨是哪里呀？”坐在达尔文叔叔对面的景焕问。

“哈哈，尾骨在脊柱的最末端。在很久很久以前，人类是有尾巴的。尾骨就是它存在过的证据。”

“尾骨是人类曾经有过尾巴的证据？”子言看起来很感兴趣。

达尔文叔叔说：“**曾经使用过，但随着环境和生活方**

式的改变，失去了它原本的作用，只有痕迹留存在身体里的器官，叫作痕迹器官。人的尾骨和某些蛇的腿骨、鼹鼠的眼睛都是比较有代表性的痕迹器官。”

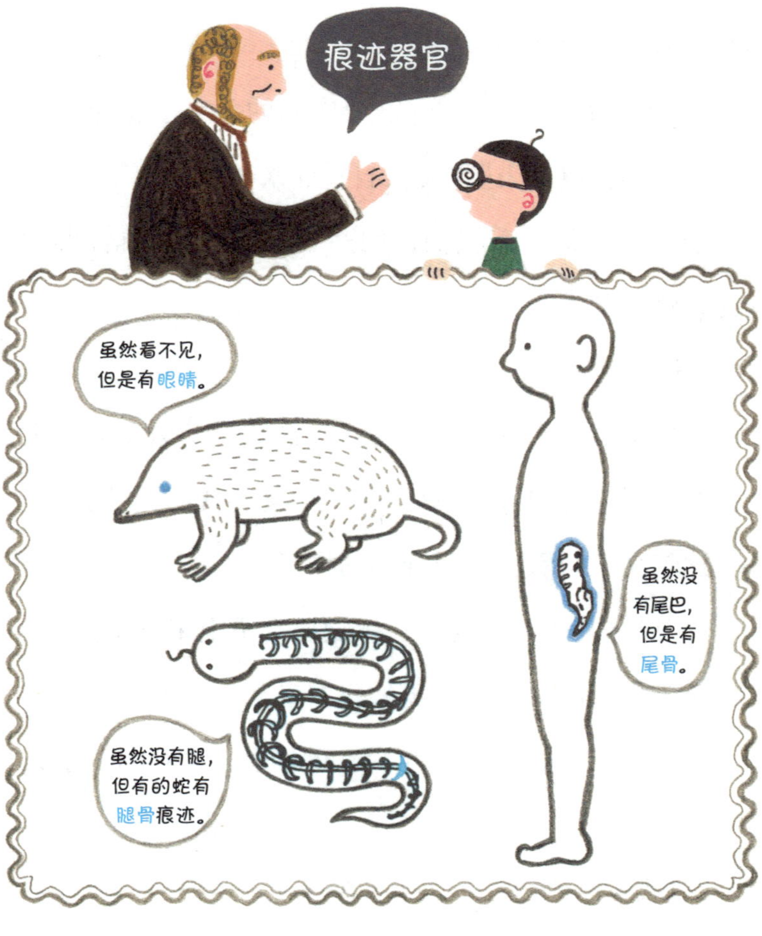

“哇，您看起来应该是一位博物馆馆长没错了。”

和子言不同，景焕一脸无聊的样子，甚至打起了瞌睡。

“这是哪里啊？我们这是要去哪里呀？”子言着急地问。

“不是你们自己找过来的吗？”达尔文叔叔笑着说。

这时又一个浪打来，船跟着晃了起来。我们互相挽着胳膊，俯下了身子。

“听说是最差的组，还以为你们的关系会很差，看起来好像还不错呀。”达尔文叔叔看起来很悠闲。

子言别扭地看着我们，问达尔文叔叔：“请告诉我们这儿是哪里吧。”

“这里可能是……”

达尔文叔叔走向船头，用巨大的望远镜看了看，大声说：“前面能看到科隆群岛，再过一会儿就能到了。”

达尔文叔叔看起来很开心的样子。

“您说这是哪儿？我现在感觉要喘不上来气了。”

达尔文叔叔听了，大步朝我们走来。

“现在是在太平洋东部，赤道附近。我刚刚说了，再过一会儿我们就能到科隆群岛了，它属于厄瓜多尔。”

“可我们刚刚还在韩国首尔呢？”子言说道。

“但是现在我们乘坐贝格尔号，来到了太平洋东边。”达尔文叔叔重新转过头看向船头。我们也跟着叔叔一起看向大海。眼前是一片宽广的蓝色大海，拍打着船头的白色浪花不知什么时候已经消失了。

我们慢慢站了起来。蓝色的海面上泛着阳光。

“谁来掐一下我？”景焕颤抖着说。子言用力地掐了一下景焕的胳膊。

“啊！”景焕尖叫，甩开了子言的手。

“疼吗？”子言问。

“你掐得这么用力，当然疼了！”

景焕觉得有点委屈。子言难以置信地摇了摇头。

小宝打了自己一巴掌，低声说：“这不是做梦。”

“不是有个说法吗，即使进了老虎洞只要打起精神也能活下来。我们也要打起精神来，不能泄气。”大家听了我的话，都纷纷点头。站在船头的达尔文叔叔看着我们，笑着说：“我感觉你们组能写出一份最棒的科学研究报告。”

我一听科学研究报告，才感觉这不是梦。

“您为什么这么想呢？”子言问。

“你们现在虽然还不熟，但是能互相信任、互相依靠，不是吗？”

但这个说到底只是叔叔的感觉。我们互相对视了一下，叹了口气。

“别担心。选一个主题，互相讨论意见，只要不执着于自己的想法，就能写出最棒的研究报告。”

我忽然想起老师给我们定的主题。

“我们的主题是关于进化的。”我喊了出来。

“哦？是吗？那最好了，进化是我最擅长的领域。”达尔文叔叔挑了一下眉毛。

我想起在图书馆里看到的那本书，心里想着达尔文是很久之前的人，他不可能就这样出现在我的眼前呀。

我摇了摇头睁大眼睛，要打起十二万分的精神才行。我看了下旁边的同学，我们四个人的手紧紧握在了一起，真好呀。不管达尔文叔叔是真是假，刚刚还七零八碎的我们现在成了一体，这才是最重要的。

小谜题：

你知道世界上最大的陆龟是哪种吗？

抓住雀鸟

·适应环境的生物才能生存下来·

船在一片漆黑的岩石前停了下来。达尔文叔叔站在船头，一脸平静地看着岩石。

“不下去吗？”子言问道。

达尔文叔叔依旧看着岩石。

“在这个地方，你能看到地球上特有的一些生物，激动吗？”达尔文叔叔的声音带着喜悦的颤抖。我们没有别的想法，只是对眼前发生的事情有些惊慌。

我们背起包，从船舱里走出来，下了船。达尔文叔叔跟着我们一起下了船。

“这里跟济州岛好像。”景焕说道。

子言不知什么时候走到了我旁边。

“你觉得博物馆里会有这些东西吗？”子言问道。

我看着他摇了摇头。子言旁边的小宝也把头探了过来。小宝黑黑的脸略有一些泛白。

“我们能回去吗？”子言又问。

我只能默默地看着前面的达尔文叔叔 。我也不知道答案。

跟着达尔文叔叔走在前面的景焕对我们招了招手，让我们快点走。

“那家伙怎么这么高兴？”子言略带不满地问。

我迈着步子走到了达尔文叔叔旁边。

“叔叔，我有一个问题想问你。”达尔文叔叔转过来看着我。突然，他好像看到了什么，睁大眼睛朝我跑来。他从我身边经过，向我身后巨大的乌龟靠近。

“孩子们，快过来看啊！天啊！你们看过这么大的乌龟吗？”达尔文的声音像从云端传来。

“唉。”子言摇了摇头，吸了口气。

景焕半跳着跑到了达尔文叔叔旁边：“哇，真的好大。比在动物园看到的还要大很多！”

“是啊。这个是加拉帕戈斯象龟，是世界上最大的陆龟。”

达尔文叔叔摸着乌龟棕色的背，非常满足，仿佛拥有了全世界。就像坐了这么远的船，是专程为了看加拉帕戈斯象龟而来一样。

“叔叔，我们走吗？”子言大声问。达尔文叔叔看着离得远远的子言笑了笑，说道：“你这么急干吗？来这儿再仔细看看这只乌龟的背。”

子言想快点回家，站在原地，用脚不停地跺着地面。

“别担心，只要在我旁边，就能回去。”我拍了拍子言的肩膀。

“什么时候怎么回去呢？”子言的眼里泛着泪水。

子言是一个无论何时都是自信满满，什么都会做到最好的人。现在他竟然在哭！这时我才感觉到他跟我一样也是孩子，我对子言稍微产生了一些好感。

“我也想回去。”小宝走到我旁边说道。

我挽着子言和小宝，一起走到达尔文叔叔和景焕旁边。

“孩子们，来看看。这个乌龟的背是很特别的。”

景焕摸了一下，万分惊讶。他一点儿也不担心回不了家。

“龟背不是都一样的吗？这个有什么特别的呢？”子言略带不满地问道。

“看来你之前都没有认真观察过乌龟啊。”达尔文叔叔说。

子言翻了个白眼，沉浸在了自己的想法里，手指头画着小小的六边形。

“乌龟的背都是这种六边形的。”子言喊道。

达尔文叔叔点了点头。

“一般的乌龟背上是这种小小的六边形，或者是像木头年轮一样的等高线。但是加拉帕戈斯象龟背上的六边形是上下走向的那两条边更长，六边形的中间是凸起来的。”

景焕说着，一副很懂的样子。

“乌龟的背有什么重要的。”子言噘着嘴说。

“是很重要的，这个怎么说，很多品种的……叫什么来着？”景焕抬头看着达尔文叔叔问道。我猜应该是我们落在后面的时候，景焕听了达尔文叔叔的说明。

达尔文叔叔说：“虽然是同一个品种，但是因为生活环境的不同，它们的形态会发生一些变化。这就是一个很好的例子。”

“对！按照叔叔说的，这也是一个进化的证据，对吧？”

达尔文叔叔点了点头。这时，我、子言、小宝才一齐看向了巨大乌龟的背。正如景焕所说，加拉帕戈斯象龟的背看起来真的有些不一样。

“这个是进化的证据？”子言眨了眨眼，之前怕回不了家的担心也一扫而空。

达尔文叔叔点了下头，说：“除了加拉帕戈斯象龟之外，这里还有很多其他珍贵的动物，都是进化的证据，你们去找找看？”

“我们？”我惊讶地问。

“我们都不知道什么是进化。怎么能找到进化的证据呢？”

我一说完，大家都用力地点了点头，看着达尔文叔叔。他擦了擦自己的鼻子。

“孩子们啊，进化不是什么深奥的问题。看起来明明是同一个物种，但是不同种群之间有一些看起来不一样的地方，那么肯定是有原因造成的进化。所以，我们只要找同一品种，但看起来却有点不一样的就行了。”

“不过我们还是第一次来呀！”子言提高了嗓音，声音里透出一点委屈。我们都很赞同，好像成了一个真正的小组。

“这我知道，但是呀……”达尔文叔叔好像在找什么，他抬起了头，指了指岛上边一个小小的树林，“你们去那边抓一只鸟回来。”

我们看着达尔文叔叔，一脸莫名其妙。

“我会告诉你们什么是进化的证据，快去抓一只回来。”达尔文叔叔挥着手，让我们快些去，但是我们迈不开脚步。

“鸟飞来飞去的，我们怎么能抓住呢？”

“我们不会飞呀？”大家都很不满。

这时，达尔文叔叔的脸色有点沉了下来。

“我难道会让你们去做明知做不到的事情吗？你们就这么无法信任我吗？”

达尔文叔叔转了过去，背对着我们。再这么下去，好像回不了家了。我上前去抓住了达尔文叔叔的手：“对不起，我们现在就去抓鸟。”

我朝着大家喊道：“快走吧！”话虽如此，可我自己也没有信心，但没有其他办法。我们朝着达尔文叔叔指的那个小树林快步走去。

“你知道他让我们抓什么鸟吗？”景焕低声问。大家都摇摇头。

“去看了不就知道了，我们先去看看吧。”我们加快了脚步。

岛中间有一片不是很大的树林，树木都直挺挺地长着。我们抬头在树上寻找，但是见不到小鸟的影子。

“别说鸟了，连鸟叫也听不到。”景焕一屁股坐在了地上，抱怨道。

“但他不是说让我们抓回去嘛。”我劝他。

他抬起头说：“你们去抓来不就好了吗？我就在这儿等着。”

“小组的课题是大家一起做的，少一个都不行。”子言大声说。小宝也点头表示赞同。

“再怎么说，这也太难了……”景焕有点垂头丧气。忽然他惊讶地跳了起来。

“怎么了？”我来到景焕旁边。

“那儿，快看那儿。”景焕害怕地指着树下。

子言和小宝吓了一跳，向我和景焕跑来。我弯下腰看了下景焕指着的地方。紧接着我也像景焕一样惊讶地向大家喊：“是鸟啊！”

眼前的这个生物有尖尖的嘴巴，两个翅膀，两条腿！

“是让我们把这只鸟抓回去吗？”子言看着鸟咽了一

口口水。

“好……好像是这样……”景焕有点结巴了，看起来有点害怕。但鸟的样子看起来并不是很吓人。

“好可爱。”小宝小声说道。

“那就我来抓抓看吧。”景焕向后退了一步。

我偷瞄了一眼景焕。他在流汗，看起来不太像平常冷静的样子。

“这只鸟这么可怕吗？”我嘻嘻笑了一下，问景焕。

景焕盯着那只鸟，说：“我们这么盯着它看，它也一动不动的。它的眼神看起来就像是要打一架，我有点害怕。”

我又看了一眼这只鸟。它小到可以用手掌捧住，也不躲避人类看它的眼神，反而好像在看着我们。

“要不我来抓抓看？”小宝站了出来。我们没有拦她。

小宝猫着腰，慢慢靠近了鸟。这只鸟的眼睛依旧一眨不眨，反而朝着小宝靠近了一步。这只鸟很容易就被小宝抓住了。

“哎呀，太可爱了，好想带回家养啊。”

小宝抱着这只鸟笑着说，这还是我第一次看到小宝笑。我忽然放下心来，不知道是因为抓住了鸟，还是因为看到了小宝的笑。

我们抓了一只小鸟，然后扬扬得意地走出了小树林。小鸟在小宝的手掌里一动不动地看着我们。

“它好像不怕人。”子言看着鸟说。

“是不是哪里生病了？”

景焕远远地看着小鸟，有点不安。我第一次知道原来景焕害怕鸟。

“是不是因为第一次看到人类的原因？”

我说完，子言觉得似乎有些道理，点了点头。

我们加快了步伐。但是象龟的旁边没有达尔文叔叔，我们忽然感到很害怕。

“怎么没跟我们说一声就走了？”

子言一下子紧张了起来，小宝也露出了害怕的神情，不住地东张西望。

“难道叔叔一个人走掉了？”景焕的声音在发抖。

我觉得这是绝对不可能的。“如果他是那种会把我们丢下走掉的人，那么他一开始也就不会出现了！”我坚定地说。但是大家都不相信我的话。

“他让我们去抓鸟的时候，我们就应该有所察觉的。”

子言忽然开始发火，他对着一动不动的象龟闹脾气，“唉，你倒是说说看，叔叔在哪里呀！”

象龟自然不会回答。

“哎呀，烦死了。”子言朝着大海喊道，说着把地上的石子朝大海的方向踢出去。

“哎呀！”大海那边传来了尖叫声。

我们睁大了眼睛，看向声音传来的地方。达尔文叔叔一只手捂着额头，另一只手抓着一只鸟。

“达尔文叔叔！”

我们赶忙跑向叔叔身边。叔叔一脸开玩笑的表情看着我。

“是你干的吧？！”

我赶忙摇手：“不是我干的，是子言。”

“知道了知道了，你踢石头倒是挺有一手的。”

达尔文叔叔笑着，转头看向了小宝。

“你们抓了一只雀鸟[①]回来呀。”

“雀鸟？”

我们睁大眼睛看着叔叔，达尔文叔叔让小宝把鸟放在

① 英文名称为 Darwin's Finch，现被称为达尔文雀。——译者注

地上，他把自己手上的鸟也放了下去。

“两只鸟一模一样！”景焕喊道。

达尔文叔叔点了点头。

“这是一种雀鸟。你们仔细看看这两只鸟。”

我们趴在地上仔细观察起来。这两只鸟都只会用脚在地上走，不会飞。

“这些鸟不会飞吗？”子言问。

“它们只是不飞而已。”

“为什么？”这次换我问了。

“这个地方对它们来说没有任何危险因素，简直就是它们的天堂。”达尔文叔叔解释道。

“啊，原来如此。所以它们没必要飞起来躲避危险是吗？”

达尔文叔叔点了点头。

“你们再看看，它们的头上还有什么不同吗？”叔叔又问道。

我们又俯下身，来回反复观察。

“它们的嘴不一样！”子言喊道。

这么看来，我们抓的这只雀鸟，它的喙短短的有点钝，但是叔叔抓来的这只喙很长且尖。

“为什么它们是同一个物种，嘴却不一样呢？”景焕站了起来问达尔文叔叔。

“你们从树林里抓的鸟主要吃的是果实。所以喙就长得又厚又圆，适合用来吃果子。但是我这只是从海边抓的，它们主要吃岩石间的小虫子。所以它们的喙又尖又长，主要是为了能够伸到缝隙里去吃虫子。”达尔文叔叔解释道。

“哇，同一种鸟因为生活环境的不同，喙的样子也不一样呀。”子言听了达尔文叔叔的解释感叹道。

“**只有身体形态与环境条件相适应的动物，才能生存下来。这种现象被称作进化中的自然选择。**”叔叔笑着看着我们说。

听了达尔文叔叔说的话，我们像打开了话匣子一样。之前感觉很陌生很难的进化，现在听起来变得简单亲切了。

“我们在贝格尔号上讨论过的痕迹器官也是进化的证据。”

“真的吗？”我们睁大了眼睛问。

“还有两种进化的证据，你们自己去找出来吧。科学研究报告可是要你们自己写的。知道了吗？”说着，达尔文叔叔放走了两只在地上走着的小鸟。

虽然没有任何头绪，但是我们没有人说做不到。就像叔叔说的一样，这是我们自己的报告书，得我们自己完成。

“但是，叔叔，”我艰难地张开了口，达尔文叔叔正抱着象龟，他看向我，“我们要在这里待到什么时候呀？”

“是呀，我还没跟妈妈说过我来这儿了。”

“妈妈说不要跟陌生人走……”

“待到什么时候……”达尔文叔叔站了起来，看着天空。乌云正在聚集。“马上就能回去了。”

叔叔的话音刚落，从乌云间就劈下一道闪电。

科隆群岛一瞬间就被笼罩在了黑暗里。

小谜题：

什么是同源器官？你能举几个例子吗？

活跃的小宝

·一些器官虽然在形态和功能上有所不同，但拥有相似的结构·

我们追在达尔文叔叔后面，快速回到了船上。打雷闪电后开始下雨。

大海波涛汹涌，贝格尔号在海上乘风破浪，摇摇晃晃。我们也在甲板上晃来晃去，感觉自己快要失去对身体的控制了。

“孩子们，闭眼！”达尔文叔叔喊道。

此时一道闪电劈了下来，还有滚滚雷声。我们闭着眼互相抱在一起。

“一定要平安到家呀。”景焕全身都在发抖，不知道在向谁真诚地祈祷。小宝也闭着眼睛念念有词。子言什么也没说，只是用力抓着我们。因为有子言在，我很放心。

天又亮了一下，忽然四周安静了下来。我们因为紧张不由自主地颤抖了一下。大家都太害怕了，没人敢张开眼睛。现在也不知道周围的情况怎么样了。

“达尔文叔叔！”

没有人回答。

“达尔文叔叔！”我们又一次齐声喊道。四周依然很安静。

“要不我们睁眼看看？”子言紧张地说。

“好。我喊 123，我们一起睁眼，好吗？”

大家纷纷表示赞同。

我缓缓地喊着口令：“1、2、3！”

我们还在船上。只是船回到了刚开始的那个破旧的博物馆中央。

“这是怎么回事？”

景焕站起来，看了看周围。小宝摸了摸衣服，我们的衣服全是干的，并没有被雨和海浪打湿。

“我们回来了！”

子言高兴地喊。小宝也开心地站了起来。

“我要回家了。”景焕赶紧下了船，跟平时看到的慢性子景焕判若两人。

“景焕，你动作真的好快。”子言看着景焕嬉笑着说。

“再继续待在船上，要是万一又去了岛上该怎么办啊，真吓人。你们也快下来吧。”

景焕朝我们招了招手。我们小心翼翼地从舷梯上下来。

我们转身看了看贝格尔号。“达尔文叔叔去哪里啦？”子言自言自语。

我也很好奇叔叔究竟去了哪里。“我们一起找找看吧。”我说。

“这样下去又去到奇怪的地方可怎么办呀？”景焕皱眉说。

“在科隆群岛上你可是最开心的那个。”小宝说。

“刚刚是刚刚。现在我只想回家。”景焕无力地说。

“组长，我们按照少数服从多数的规则来吧。”子言说。

除了景焕，我们都赞成去找达尔文叔叔。

景焕也只能跟着我们，我们把博物馆上上下下翻了个遍。

“啊，那边有雀鸟。”走在最前面的子言指着墙边的展示橱窗说。

大家都纷纷涌到了展示橱窗旁。上面有一块板，写着“科隆群岛馆”。

“那个就是在海边看到的雀鸟。”景焕心情很好。

小宝像是要把雀鸟看穿一样。展示橱窗里的雀鸟跟刚刚在海岛上看到的一模一样，仿佛要跳出来。

“达尔文叔叔是不是一个坏人啊？”子言说。

我们不理解子言说的是什么意思。

“他不是说科隆群岛上的动物都是世界上珍贵的动物吗，但是却把它们做成了标本放在博物馆里，这样还不是个坏人吗？”

这样说来，科隆群岛上的巨龟也在展示橱窗里。我忽然很生气，不自觉地抬高了嗓音，说：“快点先找到叔叔吧！”

“好，我们找到叔叔，问问他为什么要把动物抓来放在这里。”大家捏起了拳头。

这时，博物馆门口传来了窸窸窣窣的声音。我们同时看向了那边。

“好了，这里就是达尔文叔叔的奇妙博物馆了，大家快进来。”

隐隐约约地传来了达尔文叔叔的声音。不一会儿，一群小朋友排队进入了博物馆。应该是幼儿园的体验学习课，孩子们后面还跟着两位围着围裙的老师。

“达尔文叔叔。”景焕跑向达尔文。

达尔文叔叔瞄了一眼景焕，做了一个噤声的动作。我赶紧上前抓住景焕，现在不是一个询问的好时机。

达尔文叔叔朝我和孩子们眨了下眼，然后朝嬉闹说话的小朋友们大声说：“大家看到中间的大船了吗？有一位叫达尔文的科学家，乘着这艘贝格尔号，花了五年时间，游历了全世界，研究了许许多多的动物和植物。达尔文制作的标本都被放在这个博物馆进行展示。这个博物馆叫什么名字呀？”

“奇妙博物馆！”小朋友们异口同声地回答道。

达尔文叔叔又问：“奇妙博物馆里有什么呀？”

这次的问题有点难，小朋友们的答案各不相同。

“有达尔文研究的动物和植物的标本。”

子言自言自语道，好像在回答这个问题。他快速地看了一眼橱窗。

我也顺着子言的目光，看了眼展示橱窗。我们对怀疑达尔文叔叔是坏人有点抱歉。景焕小声问：“所以这里的东西都是模型，对吧。”我和子言同时点了点头。

“唉。”小宝轻轻地吐了口气。

“现在我们出发去达尔文第一次登陆的科隆群岛上看看吧。大家都跟上老师。”

达尔文叔叔熟练地带着幼儿园的小朋友，景焕也跟了上去。子言赶紧抓住景焕。

“你也想参观吗？”

“你不好奇吗？你不想一起看看吗？”景焕看着子言说。

子言看着我，想听听我的意见。

我有点犹豫，是跟着孩子们一起听达尔文叔叔解说，还是我们自己去找进化的证据？正犹豫着，达尔文叔叔和幼儿园小朋友的队伍就不见了。

“我们怎么办？”景焕有点遗憾地跺着脚。

我刚想问问小宝的想法，忽然发现她不见了：“小宝去哪里了？”

“咦？刚刚还看见她就在旁边。”这时，子言和景焕才察觉到小宝不见了。周围都看不到她的身影。

“这难道是灵异事件吗……为什么大家动不动就会消失？”景焕挠了挠头。

“我们先去找小宝吧。”子言说完，就朝着科隆群岛展示橱窗旁边的一条通道走了进去。

“景焕，我们去另一边找吧。”我拉起景焕的手。景焕一副要哭出来的样子，赶紧追上了我。

跟从外面看到的不一样，这个博物馆还挺大的，里面哪儿都见不到小宝的身影。

“是不是她自己一个人先回家了？”景焕慢慢地跟上来，问道。

“大家快来看啊。”子言的嗓音又响了起来。我们赶紧朝子言的方向跑去。小宝也在那边。

“喂，你在干吗？”景焕跺着脚紧张地喊。但是小宝看上去好像听不到任何声音一样。

“小宝，你在干什么呀？”

小宝在一条狭窄走廊的一扇玻璃橱窗前站定，一动也不动，好像被施了魔法一样。这次子言上前去抓了下小宝的手。

“你看什么看得这么认真啊？”

子言顺着小宝的方向看去，那好像是骨头。

“这个骨头有什么好看的，看得这么出神？”子言一脸紧张，晃了下小宝的手臂。

“这是进化的另一个证据！”小宝说道。

“你说什么？”

我们睁大了眼睛看向骨头。

“虽然形态和功能不一样，但是结构上是相似的。这个就是进化的另一个证据。”

小宝自信地说道，笑了起来。

“这是谁的骨头？”子言问。

“最左边的是鲸鱼的鳍，中间的是蝙蝠的翅膀，右边的是人类的手臂。”小宝说。

“都是不同的物种，这个怎么能是进化的证据呢？”景焕不相信。

小宝向旁边让了一步。之前被挡住的说明板露了出来。我和子言快步走了上去。

“同源器官？”

“形态和功能可能有所不同，但是都是从同一来源传下来，并且在结构学上具有相似性的器官。”

我和子言读完后，看着小宝问：“这个真的是进化的证据吗？”

“你们听我说说看。刚刚在科隆群岛上看到的雀鸟因为环境的不同，长相也不一样。”小宝慢慢讲道，子言和我们像约好了似的，一同点了点头。

“所以只要生活环境变了，应该也会出现不再需要的器官。”

小宝之前从没表达过自己的想法，这次侃侃而谈，让我们觉得有点不太适应。不过她说得很有道理。

“我是想看下有什么动物是和科隆群岛上的动物不一样，所以才走到了这里。”小宝停了一下，看着我们。

我们也看着小宝。小宝可能忽然有点害羞，低下了头。

我想给她一些勇气。“小宝说的应该是对的。同源器官也是进化的证据！”

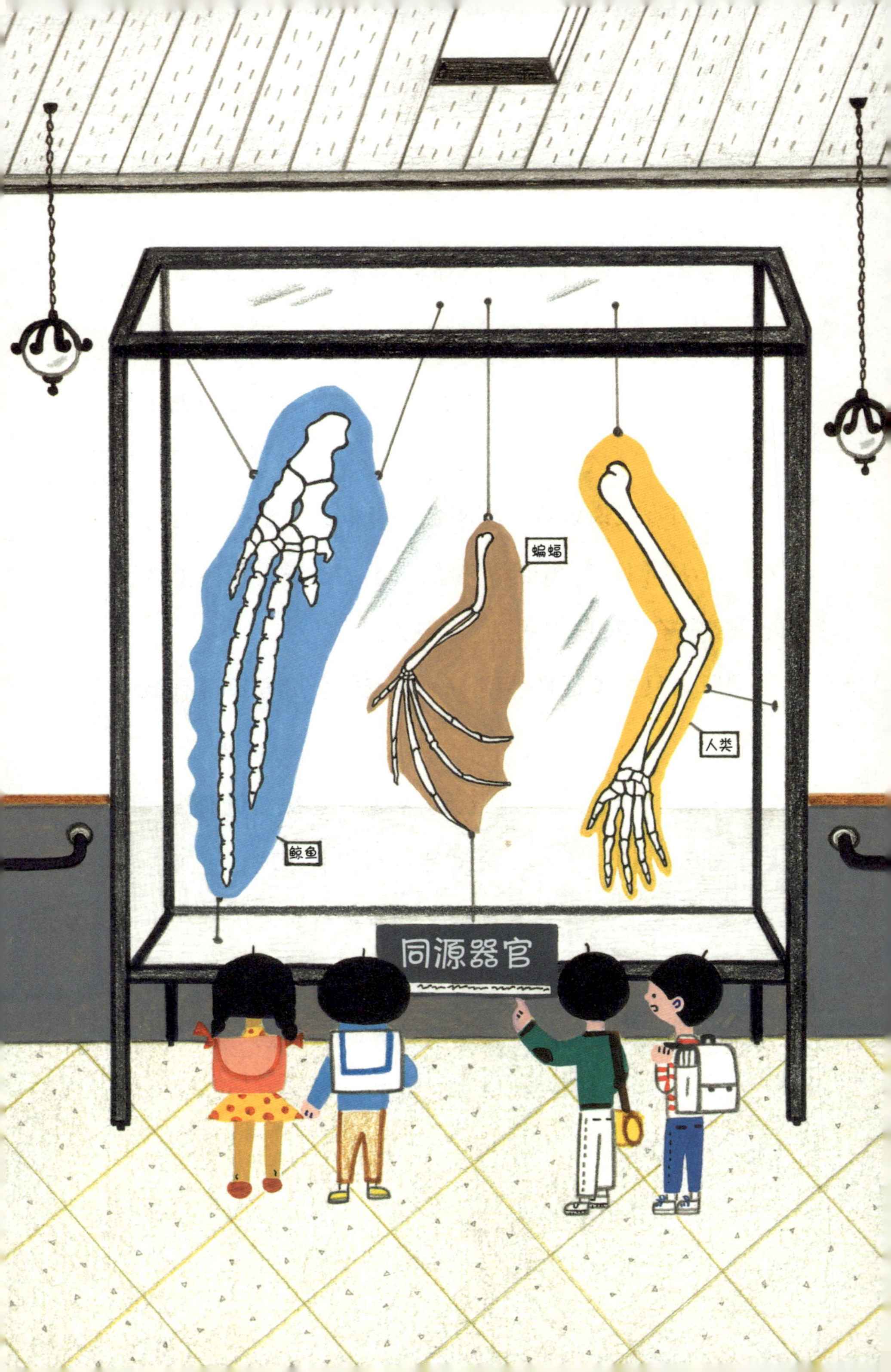
蝙蝠
人类
鲸鱼
同源器官

小宝的脸红了，害羞地笑了起来。

子言往前走了一步，想认真看下同源器官展示橱窗里陈列的骨头。

“我们说一百遍也没用，这个更准确。”景焕说着拿出了手机，在搜索框输入了“同源器官”。

关于“同源器官”的搜索结果有很多。看着看着景焕喊了起来：“是的，这个也是进化的证据！”

“你看，小宝做到了！”

“还有一个概念很像，叫同功器官。在功能上相同，但来源和结构却并不相同，经过长期在相同的环境中生存，变得相似的器官。”

景焕看着手机逐字逐句地念道。

“有什么是同功器官呢？”子言问。

我赶紧跑到展示同功器官的展示橱窗前。

“同样都是翅膀，鸟的翅膀是由前肢进化而来，而昆虫的是外壳进化而来。”

我读了一下橱窗前的导语。

“所以说同源器官和同功器官都是进化的证据。”子言

笑着说。

我朝着小宝举起右手，小宝过来跟我击了个掌。

“这些都是同源器官的话，人的手臂和鲸鱼的鳍、蝙蝠的翅膀，在很久以前也都具有相同的功能喽？”子言看着这三个物种的骨头说。

随着环境的变化，器官会变得有所不同，这太神奇了。更有趣的是，不同的物种还有功能相同的器官。

“进化真的是越学越有趣。”子言看着我说。我看了看小宝和景焕，也笑了起来。小宝尤其笑得开心。

“现在我们对进化了解得也差不多了，回家吧。”景焕说。

“刚刚是说还有两个进化的证据，对吧？”子言问，“同源器官和同功器官是互相关联的，所以它们只能算一个。”

我和小宝同时点了点头。

“现在已经找到一个了，再找到另一个就完美了。”子言开心地说，声音都不自觉地变大了。

“刚刚不是已经找到两个了嘛，要不我们明天再来……”景焕噘着嘴说。

“肯定还有另一个证据。”子言打断了景焕的话。

“今天先回去吧。我有点累了。”景焕一副一步也不想再走的表情。

“那你就先回去吧！”子言有些生气地说。

“哼，随便！”景焕说着转过了身。

我们组的关系像回到了去科隆群岛之前，我不能让第五组就这么散了。

“不要这样，我们好好沟通。”我站在子言和景焕中间，小宝也紧张地看着二人，但是他们两个依旧背对着背。

“这是怎么回事？”这时，达尔文叔叔来了。幼儿园的小朋友们好像已经回去了。

达尔文叔叔看了看景焕和子言，拍了下手，说：“你们来帮我一个忙吧。”他朝两人挥了挥手。两个人仿佛被磁铁吸引了一般，跟着达尔文叔叔走了过去。我和小宝也抓紧跟上。

小谜题：

《圣经》上说地球的年龄是 6000 年，这种说法对吗？

救救达尔文叔叔

·化石是进化的证据·

达尔文叔叔走上楼梯来到二楼。二楼走廊中间有一个玻璃做的圆形房间，房间里有一张大长会议桌。这个房间的门是黑色的，与玻璃房间很不相称。门上面挂着一个圆形时钟。达尔文叔叔让我们在门前站成一排。

“把一只手放在门把手上。”

我们有点害怕，颤抖着把一只手放在黑门的把手上。顿时，有一股电流穿过手心，流遍我们的全身。

“啊！”我们想把手拿开，但是却怎么也拿不下来。

“叔叔，这是怎么回事啊？”景焕喊道。达尔文叔叔

认真地看着墙上挂着的时钟。

“叔叔，我想回家。”景焕扭动着身体高声大喊。

这时，达尔文叔叔喊道：“闭上眼睛，别害怕！”

我们闭上了眼，身体仿佛飘了起来。

“啊，救命呀！”

景焕浑身都在颤抖，小宝也是。如果可以的话，我很想抓住小宝和景焕，但是我的手被紧紧地吸在门把手上。

“啊，什么时候可以结束啊……”景焕正说着，门把手上的手忽然能够松开了。

我们吓了一跳，赶紧睁开了眼睛。达尔文叔叔还站在我们旁边，我们放下心来。

“这是哪里？”我问达尔文叔叔。神奇的是，原来黑色的大门变成了白漆木门。

“想跟我一起来看看吗？”达尔文叔叔打开了木门。玻璃房中间的大长桌旁，坐满了老爷爷，他们的胡须又长又白。

“叔叔，这里是？”我们再次问道。

一个看起来年龄最大、眼神很可怕的爷爷向达尔文叔叔喊道：“你坐那里吧。”他好像是主持会议的长官。

达尔文叔叔坐了下来，显得有些拘谨。

“我们坐哪里呀？”我低声问。会议室虽然大，但好像没有我们的位子。

“你们就在那儿站一下。”达尔文叔叔连头都没回，低声回答。我们在门前蹲坐下来。

“你觉得地球已经存在了多少年了？”长官爷爷用威严的口气问道。

达尔文叔叔看了下周围，小心地回答说：“我坐着贝格尔号去到南美探险发现，地球起码应该有一万年以上了。”

“你说什么？”几位爷爷都生气地从椅子上站了起来。我们都害怕地用手堵上了耳朵。

长官老爷爷拿起木槌哐哐地敲了几下桌子。几位爷爷安静了下来。

“你不相信《圣经》吗？”长官老爷爷压抑着怒火用低沉的声音问道。达尔文叔叔直起了腰回答：“我从小背《圣经》长大，大学的时候还专门学习过神学。”

“那你为什么不相信《圣经》上写的内容？”另一位老爷爷高声说。

哐哐又响起了两声木槌声。

这位爷爷一腔怒火地对长官爷爷说："我们不能再听达尔文的话了。《圣经》上明明说地球是 6000 年前神创造的。达尔文这家伙！要马上处决他才行！"这位爷爷看着达尔文叔叔气得全身发抖。

其他的爷爷也对达尔文叔叔发起了尖锐的攻击。但我们完全不明白这些爷爷为什么如此生气。

“地球的年龄怎么可能只有 6000 年呢？”子言大声喊。

“就是啊，大家怎么都这么奇怪。”景焕也嗤笑了一下，接着子言的话说。

会议的气氛有点奇怪。爷爷们生气地看着我们。我压低身子赶紧给他俩使眼色，他俩装作没看见。

"我们看到科学书上说，地球是数十亿年前诞生的！"子言话音刚落，坐在达尔文叔叔旁边的爷爷一下子站了起来，浑身颤抖地大声说："你们几个算什么东西，在这里吵。你们从哪里来的！"

其他的爷爷也纷纷站起来看着我们，这时，子言和景焕都不说话了。

"他们能看见我们？"小宝看着几位爷爷，小心问道。

"刚进来的时候大家都装作看不见我们的样子……"景焕嘀咕着。

达尔文叔叔从座位上站了起来。"他们是我带来的。他们来自未来。"

"呵，这是什么意思，胡言乱语。"爷爷们生气地问。

"请各位从未来来的朋友们站起来吧。"长官爷爷说。

我们一个个噌地站了起来。感觉会议气氛变得更紧张了。

"未来的科学书上，真的写着地球是数亿年前诞生的吗？"长官爷爷问。话音很平静。

"是的，我看到过。"子言点头回答。

我们听到会议室里响起了叹气声。长官爷爷又敲了几次木槌。爷爷们没说话，十分不满地看着我们问："你们

我确实看到过！

有什么证据能够证明吗？”

“是让我们拿科学书来的意思吗？”子言睁圆了眼睛看向了达尔文叔叔。

达尔文叔叔摇了摇头。

“不能拿过来。”子言说着，声音变小了一些。

“这是谎言！所以才说不能拿书过来！”刚刚大声说话的爷爷又生气地说。

“没有什么其他的好办法了吗？”子言低着头低声问。我们绞尽脑汁也想不出办法。

“有一个办法可以证明。”达尔文叔叔向长官爷爷喊道。我们惊讶地看向了达尔文叔叔。

“那你就证明看看吧。”长官爷爷冷静地说。

“请稍等。”达尔文叔叔转向我们。

“现在轮到你们来帮我了，能做我的助手吗？”达尔文叔叔给我使了一个眼色说。

“您需要我们怎么帮您呢？”我朝叔叔走去。

达尔文叔叔压低声音说：“博物馆里有一个化石。我们不能把未来的东西拿到这里来，但是化石不是属于未来的，所以可以拿过来。”

“只要我带化石来，那些爷爷就能理解地球有超过万年的历史了吗？”我问。

达尔文叔叔点了点头，说：“事实上还是会有点小问题。”

“快点证明吧！”长官爷爷催促道。我们压抑住不安的心情，看着达尔文叔叔。

“从这里出去是没有什么问题的，但是我不能保证你们能再回到这里。”

“我们一定会回来的，这样才能帮助叔叔呀。”我看着叔叔的眼睛坚定地说，子言他们也都严肃地点了点头。

“那就拜托了。”达尔文叔叔还是一脸的不自信。

这时，一直注视着达尔文叔叔的子言说：“你们去吧，我留在这里等。”

“这是什么意思？”我睁大眼睛问子言。

“不能只留叔叔一个人在这里……”子言的声音听起来在发抖。

达尔文叔叔摆了摆手说：“没有这个必要，即使你们不回来，我也不会有什么问题的，你们几个一起去。”

我们没有听达尔文叔叔的，我站起来握住了子言的手：“我们一定会回来的。等着我们。”

子言也回握我的手点了点头。

子言和达尔文叔叔留在了会议室，我们几个把手搭在了门把手上。一瞬间，四周变得一片漆黑。我们闭紧了眼睛。紧接着，又感觉身体浮了起来。

睁开眼睛时，我们已经来到了博物馆的二楼。

“我们快去有化石的展示橱窗！”我大声说。

我们赶紧来到一楼。小宝冲在最前面，在同源器官的展示橱窗对面找到了化石。

“但这个怎么证明地球的年龄呢？”景焕歪着头疑惑地说。

小宝看着化石前面的导语：

“化石是生活在某个地质年代的古生物遗骸或者遗迹留在了沉积物中形成的，通过研究不同地质年代的化石，可以了解生物是如何进化的。”

“那么，化石也是进化的证据了？”我小心地拿起化石。

小宝笑着点了点头。

“化石怎么了？为什么它是进化的证据？”景焕问。

“刚刚小宝说了，通过研究不同地质年代的化石，就可以知道生物是如何进化的了。”我抱着化石说。

“但达尔文叔叔说化石是地球年龄的证据。”景焕再次说。

“这……”如果有子言或者达尔文叔叔在的话，就可以解答他的疑问了。

“我们先回会议室，去那里问问看。”小宝说，我俩都点了点头。

“但是，我们要怎么样才能进到会议室呢？”上楼的时候景焕问。

正如达尔文叔叔所说，回去才是问题。但子言还在里面，我们必须进去。我们又一次站在了玻璃会议室门前。

“我们照着达尔文叔叔的办法做吧。”我把手搭在了门把手上。

小宝看着房间里面，侧着头问："为什么房间里只有子言一个人呀？"

我和景焕也朝里面看去。会议室里果然只有子言一个人。他好像在和谁说着什么。

"为什么我们看不见达尔文叔叔。"景焕颤抖着说。

"快点把子言带出来！大家都把手放到门把手上！"听了我说的，他俩赶紧把手搭在了我手上。

"接下来要干吗？"景焕看着我说。

"刚刚叔叔盯着时钟看来着……"我的脑袋里一片空白，"应该有一个连接过去和未来的瞬间。"

达尔文叔叔似乎没有告诉我们进去房间的正确方法。玻璃房里，子言在拼命摇着头。他用脚踹地，用手捶胸，气氛好像越来越紧张了。这时，一直在观察玻璃房情况的小宝说："子言屁股口袋里的那个是不是手机啊？"

我和景焕同时看向子言。屁股口袋里凸起的东西不正是手机嘛。

"不是说不能带未来的东西过去吗？"景焕说着，眼泪好像马上就要从眼角里出来了一样。

“我给他打电话看看。”我把化石递给景焕，拿出了手机。子言的手机一直没有人接听。

“看来是不行了。”就在我们要放弃的时候，子言的手机从口袋里掉了出来，一下子冒出了光，瞬间周围变得一片漆黑。

子言
010 1234 567
00:00

小谜题：

一个个体的变化是进化吗？

最棒的小组

·进化指的是群体的变化·

带着化石的我、小宝和景焕来到了会议室。达尔文叔叔和子言看着我们，露出了开心的表情。我们看着他俩也笑了。

“那个就是你说的证据吗？”长官爷爷大声说。刚刚在门外看不见的爷爷们，现在正瞪着眼睛看着我们。

达尔文叔叔向我伸出了手。我把化石递给了他。达尔文叔叔把化石放在了桌子中央。

“这块东西叫化石，是36亿年前到1万年前的这段时间里，地球上生活的一种生物死后留下的痕迹。”达尔文叔叔大声说。

爷爷们睁大了眼睛仔细观察着这块化石，互相小声讨论。长官爷爷好像也在跟左右两边的爷爷们商议着什么。

“36 亿年前到 1 万年前之间，在地球生活着什么生物？”长官爷爷问。

“这个化石里的是三叶虫，是一种无脊椎动物里的节肢动物。”

爷爷们似乎无法相信，纷纷摇头。刚刚一直在生气的一位爷爷问：“那么久之前生活着的动物的痕迹，是怎么保留到现在的呢？”

“当然了，大部分的生物最终是被其他生物吃掉，或者被微生物分解后消失。完整保留下来的生物的遗体或遗迹有时候还会被海浪破坏。但是在沉积作用频繁发生的地方，生物的遗体或遗迹跟沉积物一起被埋的话，就会完好地保留下来。”

达尔文叔叔说的没有错。

爷爷们缓慢地点了点头，互相看了下彼此。长官爷爷问我们：“你们未来的书上也是这样说的吗？”

36亿年前
现在
这是三叶虫
的化石。

我们点了点头。

长官爷爷长叹了一口气，把各位爷爷叫到了身边。爷爷们讨论了很长一段时间。

“唉，我们要在这里待到什么时候呀？”景焕伸展了一下身体说。

“现在几点了？”

达尔文叔叔听了我的话，笑着说：“这个世界的时间和外面的不一样，刚刚这一会儿外面连一秒也还没到。”

“真的吗？”我们异口同声地问。

“难怪我一点儿也不觉得饿呢。”景焕嘀咕。

子言和小宝的脸色也平静了下来。

“因为地球上生活过的生物留在沉积岩中，所以我们看到化石，就能知道地球的年龄。这个我理解了，但是为什么说化石是进化的证据呢？”我问达尔文叔叔。

“化石是进化的证据？”子言眨了眨眼，问我。

旁边的景焕和小宝点了点头。子言看着化石。

“哇，那我们已经找齐了进化的三种证据了！”

“哇，是啊！那我们可以回家了！”景焕高兴得要跳起舞来。看着兴奋的景焕，子言也笑了出来。小宝看着子言也笑了。子言的脸红了。

达尔文叔叔满足地看着我们说："就像刚刚说的那样，从化石上，我们可以知道各个年代都有什么生物，它们在哪里如何生活。所以研究化石能够让我们知道，在同一个空间的生物经过了什么样的变化存活下来。"

我们笑着点了点头。我心中的疑惑都被解开了。

"那我们现在回家写报告吧。"景焕说。

"还有一点！"忽然子言举起了手。达尔文叔叔和我

们都看着子言。

“所以进化指的是随着时间的流逝，自然环境发生了变化，使得在这个地方生存下来的生物变了，对吗？”

子言整理了一下进化的意思。达尔文叔叔点了点头，说：“但是，进化并不是一个个体的变化。单一个体的变化叫作变异。进化是指能够称为种的整个群体全部发生了的变化。”

“所有的个体全都变了吗？”我问。

达尔文叔叔笑着看着我们说：“就像你们一样。”

“像我们一样？”

景焕眨了下双眼看着我。子言和小宝也看了看彼此。

“这么说来，我们似乎有些变化。”子言说。

“之前跟你们说话我还有点不好意思，现在好多了。”小宝害羞地说。

“为什么在我们面前要不好意思啊？”景焕奇怪地侧了侧头。

“我韩语说得不好……”

“你韩语说得很好啊。”我拍了拍小宝的肩膀。

“而且妈妈是外国人……”

“爸爸是韩国人呀！”景焕看着小宝笑了。

“你是因为我才这么想的吧？对不起。”

子言站了起来把手伸向了小宝。

“不是你的原因……”

“不，一定是因为我。我不是说很讨厌跟你在一组吗。但是我学了进化后就知道了，我们大家都是来自同一个祖先的，我想真心地跟你道歉。”

小宝犹豫着要不要握住子言的手。景焕开玩笑让她快点接受道歉。小宝握住了子言的手，两颊通红。

“子言，你没有什么道歉的话要跟我们说吗？”我认真地问。子言一脸困惑不知道什么意思。

我说：“公布小组名单之后，别的小组都聚在一起讨论，你却什么都没说直接自己一个人就走了。”

“是啊，我们找你找得有多辛苦。”景焕翘起了嘴，子言尴尬地看着我们挠了挠头。

“抱歉抱歉，我错了。”子言一副不知所措的样子。

“为什么一声不吭就走了呀？”我再次问。

“就是……我觉得自己一个人做也可以做得很好。很多事我都是自己一个人完成的……但是现在才发现，大家一起做一件事是这么愉快，是我想得太简单了。”子言真心地跟我们道歉。我们开心地笑着，跟他说没关系。

“刚开始我觉得我们组是最差的。我们每个人都不一样，我以为我们什么都做不好。”我也向大家道歉。

“我也是一样的想法啦。”景焕说。

小宝没说话，点了点头。

达尔文叔叔抓着我们的肩膀，探头过来说：“你们从最差的一组进化成了最棒的一组！这可以说是你们的大成果呀！”

达尔文叔叔的话直击我的内心。我们的笑容像太阳一样温暖。

这时，木槌哐哐响了起来。爷爷们好像已经讨论完毕。我们站直了身体看着爷爷们。

“此次会议原本是为警戒达尔文，因为他指出的事实违背了《圣经》上所记载的内容。但是根据其出具的化石，我们可以承认《圣经》上关于地球年龄的描述可能存在误差。我们希望达尔文能够在日后的工作中，更加积极地努力研究人类的起源和物种的发展。”

“哐哐哐！”

随着三声木槌音，穿着黑衣服的爷爷们从座位上站了起来。他们看着我们和达尔文叔叔，陆续离开了会议室。谁也没有跟我们说话，包括长官爷爷。

“叔叔，我们也回去吧。”景焕抓住了达尔文叔叔的手。达尔文叔叔看着空荡的会议室跟我们说：“你们先回去吧。”

“那您呢？”

“刚刚长官爷爷不是说了吗，要积极研究人类的起源和物种的发展。我要留在这里……”

“不是都研究好了吗？”我睁圆了眼睛问。

“从遥远的未来看，可能什么都已经完成了。但是在过去的这个时空里，还什么都没做。现在还只是受到了宗教界的认可而已。”达尔文叔叔笑了。

“那您以后要做什么呢？”子言问。

“首先要整理一下乘坐贝格尔号在全世界游历的五年

里收集到的生物标本。然后就要写论文了。这样想想，有好多事要做呢。”

达尔文叔叔在五年里光是生物标本就采集了一万五千多种。这可是数量巨大的材料。

“那就我们走吗？”景焕看着我。子言和小宝也看向了我。

“为什么看我呀？”我不自觉地后退了一步。

“你是小组长呀。”小宝说。

“那您快把这个时空的事情做完，回奇妙博物馆去吧。我们等您。”我看着达尔文叔叔说。

“好。我不在的时候，你作为助手，要和小伙伴们一起守护好奇妙博物馆。多多学习和思考地球和生命的进化。能做到吗？”达尔文叔叔看着我说。

“我也要做达尔文叔叔的助手！”

“我也是！”景焕和子言说。

旁边的小宝也举起了手。

“小宝想做我的助手吗？”达尔文叔叔问。

小宝红着脸点了点头。我们都拍掌叫好。

“好，现在快回去吧。回去写报告书。”

达尔文叔叔抓着我们的手说。我们和叔叔互相道别，抓住了木门的把手。亮光又闪了一下。这次我们谁都没有惊讶。

“我们无聊的时候会来玩儿的！”景焕闭着眼说。

四周一片漆黑，我们互相牵着手。身体飘了起来然后又沉了下去。

“回来了！”子言喊了一声，我们睁开了眼睛。

黑色的门挡在我们前面。我们赶紧站起来穿过透明玻璃往里面看。会议室里椭圆形的桌子依旧还在那里。

“为什么看不见叔叔啊？”小宝带着哭腔说。

“因为叔叔在过去，所以看不见呀。”

“所以刚刚我们也只能看到子言。”我和景焕轮流着回答小宝。

“我们在这里写报告书怎么样？”子言大声说，好像想转换一下气氛。

“在这里吗？”景焕侧过头。

“达尔文叔叔不是把奇妙博物馆交给我们了嘛，所以我们要守住这里才行呀。”子言说。

“好。”

这时，景焕呆呆地看着我们。

“你要先走？不跟我们一起吗？”我问。

景焕一脸担心地说：“这里能送外卖炸鸡吗？”

“博物馆里是严禁带入食物的。要不然我们出去吃了再回来吧。”子言挽着景焕说。我们一起从楼上走下来。奇妙博物馆一定会成为我们四个的秘密基地！

研究进化论的达尔文是怎样的人呢?

生物学博士　**张洙哲**

查理·达尔文，永远的生物爱好者

放暑假的时候，大家心情怎么样？一想到可以拿着网抓飞虫，在小溪里抓鱼是不是很开心？准备好捕虫网，跟朋友们一起去田野和山里玩是一件十分开心的事情。如果能抓到蜻蜓或者蚂蚱，那就更开心了。如果一直能这样快乐下去该有多好啊。不过大家都已经知道这不太可能了。但有一个人，就这样快乐地度过了一生。这个人就是查理·达尔文。当然了，只有有生物在身边的时候他才会这样开心。

少年达尔文

达尔文的父亲是一位富裕的医生，因此他小时候没有吃过什么苦。跟所有的父母一样，达尔文的父亲也希望儿子能成为一名优秀的人。他希望达尔文跟自己一样成为医生，或者是当时受人敬仰的神职工作者。但在父母眼里，他似乎在某一方面有些缺陷，不仅学习成绩不好，而且对未来也没有什么希望。几乎每天都在外面玩到满身是土，很晚才回家。但是达尔文和生物玩的时候，眼中会发光。

有一天，达尔文发现了一只甲虫，跟他平时玩的都不一样。他抓在手里边玩边走，路上又发现了一只不一样的。他把这只抓在了另一只手里。他一手一只，抓着两只甲虫往家里走去。但没过多久，他又发现了一只不一样的甲虫。他用嘴含住其中一只甲虫，空出一只手来抓了第三只。这一天，小达尔文的运气特别好，他收获了三只不一样的甲虫。虽然嘴被甲虫弄伤了，但他却特别开心。达尔文的爸爸看到他嘴肿肿的，带着三只甲虫开心地回来了，心情很复杂。他担心达尔文长大后该怎么办。

青年达尔文，贝格尔号的航行

到了上大学的年纪，父亲建议他去爱丁堡大学学习医学。达尔文虽然接受了父亲的意见，开始了大学生活，但是比起医学，他对生物更感兴趣。在医学生们中间，大家都叫他“怪人”。因为他虽然成绩不好，但是对生物却无所不知无所不晓。不过达尔文还是非常努力地想要成为一名医生。

由于当时的麻醉技术还没有现在这么发达，有一次达尔文看到患者在未被麻醉状态下接受手术，这个场景使他受到了冲击。

他放弃医学专业，在父亲的建议下进入剑桥大学学习神学。但是达尔文对生物的热情一如既往。他开始把自己对生物的热爱和神学学习联系起来，他在自然神学上学到，地球上的所有动物都是以神的旨意被创造，并以同一形态维持不变。

达尔文生活的时代是 200 多年前，那时研究生物的人被称为生物学者。关于生物和生物周围环境的研究都是同时进行。当时生物学者的梦想就是游历世界，收集许多的动植物标本。达尔文也不例外。他在大学指导教授的建议下乘坐海军舰艇出发了。海军舰艇贝格尔号是一艘 30 米长的船。达尔文晕船晕得非常厉害。船一靠岸，他就像放学的学生一样，去山上和田里放松。他收集回来的生物和矿物标本被运回英国，成了地质学者和生物学者研究的对象。

原计划一年的航海变成了五年，但达尔文毫无怨言，他尽可能地去观察更多的生物和矿物。达尔文去过很多次巴西和阿根廷的海岸、山地和平原。后来到了太平洋的一座岛上——科隆群岛。岛上有象龟、会游泳的鬣蜥、和陆地上的鸟很像却拥有不同喙的鸟等。他把这些带回了英国。从 22 岁开始航海，27 岁结束航海，达尔文长成了一名优秀的青年回到英国。

这个过程以日记的形式被记录在《贝格尔号航海志》一书中。晚辈学者看完这本书后，认为达尔文所说的“轻松的旅行”实在是太艰辛了。

大家不知道的秘密，生物在变化

回到英国以后，达尔文仍然从自然神学的观点出发，认为生物是不会变的。然而在他心中却早已播下了生物会变化的种子。达尔文在乘坐贝格尔号旅行的五年时间里，认真地收集了生物和地质的样品，并阅读了许多书籍。其中最让他感同身受的是地质学者查理·莱伊尔写的《地质学原理》。

这本书中阐释的原理很简单。地质中微小的变化经过长时间的累积可能会产生巨大的变化。举个例子来说，如果各位去到美国科罗拉多大峡谷的话，一定会被它的壮阔所震惊。数百米高的断壁像是垂直被劈开一样，十分壮观。

但是我们谁都无法轻易做到。除非有一个条件，那便是足够的时间。我们假设平坦的地上有一条小溪在流淌。每天都会随着水流带走几厘米厚度的土，一周之后就会带走更多。一个月、一年、一世纪、数千年或者说比这还要长的时间里，这条小溪一直流淌，会发生什么呢？几厘米、几米、几十米、几百米深的土被带走。那么，现在我们再来看看眼前这数百米高的绝壁。怎么样？小小的变化，经过很长一段时间，一直持续重复，就带来了巨大的变化。达尔文不可能不懂这个道理。所以达尔文认为，生物在长时间里不断发生着很微小的变化，最终是完全有可能出现新物种的。

那么，会存在这样一种动物吗？达尔文在准备地质学样本的时候，发现了一种现在已经灭绝了的动物——雕齿兽的化石。这个化石跟在南美发现的现存动物——犰狳长得非常像。它们有一点不同——大小。雕齿兽比人大一到两倍，而犰狳只有 15 厘米长。达尔文仔细地观察对比了这两种动物，推断犰狳很有可能是雕齿兽经过长时间的变化而来的。

同时，达尔文从别的动物那里获得了新的想法，那便是雀鸟。达尔文在科隆群岛上发现了很多有趣的动物，尤其是抓了很多只雀鸟并制成了标本寄回英国。分布在岛屿不同地方的雀鸟因为岛上环境的不同而各有不同。就好比同样是人，中国人、美国人、非洲人等之间各有不同。但是达尔文回国后，英国著名动物学家观察了这几只雀鸟，告诉他这几只是不同的物种。也就是说这些雀鸟像人、猿、大猩猩一样分别是不同的物种。达尔文很震惊，他重新整理了下思路，认为这些雀鸟是从900多千米外的地方来到科隆群岛，为了适应岛上的环境而开始发生变化的。

现在达尔文开始逐渐相信生物是会慢慢变化、进化的，这成为了达尔文的信念。当时的大部分人相信生物是由神创造的，不会变化。而达尔文的信念恰恰与之相反。他的祖父也曾主张生物是会变化的，但却证据不足。他不想和祖父一样，所以达尔文开始收集能够支持自己想法的证据。他认真地观察鸽子，并且与鸽子饲养员沟通交流。还对许多动植物，如蚯蚓、藤壶等进行了观察。生物给达尔文带去了许多快乐，达尔文可能是想通过研究进化论报答这些生物带给他的乐趣吧。

达尔文阅读了托马斯·罗伯特·马尔萨斯的《人口论》，意识到所有的生物并不能如它们所预想的一般进行繁殖。只有适应环境的个体才能够生存并进行繁殖。即生存和繁殖是生物被自然选择的结果。就好像只有被饲养员选中的鸽子才会生存下来繁衍后代一样。

发表《物种起源》

达尔文把自己的想法写了下来，准备找个时间把这些内容出版成书。但是如果在自己活着的时候出版的话，将会在人们之间引起巨大的争论，所以他嘱咐夫人在自己死后再进行出版。

达尔文为什么会有这种想法呢？正如我们前面所说的，查理·莱伊尔主张地质变化的过程是由小的变化积累成大的变化。根据地球上的地质构造，地球的年龄至少有数万年以上，但当时的神职人员和一般人都认为地球的年龄只有 6000 年。即便如此，也依然有人主张地质和宇宙是在变化的，不过这部分人也认为人类等生物是永恒不变的。依照造物主的形态产生的是人类，而除了人类以外的生物是依据造物主的意志产生的。

当时生物学者的任务是去证明这个造物者论。在这样的大环境下，达尔文认为，生物不是由造物主创造，而是自然而然产生的，并不断发生变化才有了现在的样子。地球的年龄不是 6000 年，而是比这更长的时间。这一事实使他确信了生物进化是存在的。正是因为这样，所以他判断会与许多人产生分歧。

达尔文不断地认真收集生物进化的证据，因此对自然选择下的进化理论很有自信。他让自己的书在自己去世后出版只是想避免自己的书出版后引起的纷争而已。与达尔文交好的多数学者都已经对他的观点和证据有所了解。但此时他收到了一封来自马来西亚的信。这封信的主人是阿尔弗雷德·华莱士。华莱士对自己的观察十分自信，即使在身患疟疾的情况下，也还在写论文。他认为生物是进化而来，这些进化是自然选择的结果。他还向达尔文咨询了对于发表论文的看法。

达尔文一想到自己研究了 20 年的科学理论，将要被一名小自己 14 岁的年轻人抢先发表就心有不甘，于是向身边的学者们请求帮助。在学者们的建议下，他们两人同时发表了论文。此后一年达尔文全力投入，将自己的知识整理出书。《物种起源》在 1859 年正式出版。在达尔文去世前的 23 年时间里，他对书进行了五次修正，该书受到了许多人的关注。虽然当时的人们对于达尔文的观点各有看法，但当时最具权威的林奈学会的科学家们，比如赫胥黎、约瑟夫·虎克、查理·莱伊尔都支持达尔文的理论。此后，在生物学界还产生了一个支持达尔文理论的学派。

晚辈生物学者，证明达尔文是正确的

著名遗传学家杜布赞斯基曾说过：“如果没有得出生物进化论，那么不过只是事实的列举罢了。”《物种起源》这本书正是第一次证明了进化是有科学依据的。所以生物学可以以达尔文为界，分为达尔文之前和达尔文之后两个时期。

现在的生物学能够解释生物的特征和一些现象，比如从单一祖先到现在所有生物出现的过程，从许多的生物变异中进行特定选择的过程，为什么生物各不相同却又都很像，生物是如何适应环境生存下来的。大家以后在学习生物的时候，带着这些疑问会使学习更有趣，学习也会更有效率。

与达尔文同时代的遗传学家孟德尔利用豌豆实验发现了遗传规律，当时的学者们还没有意识到这一发现的重要性。经过后代学者们的研究，孟德尔的遗传理论奠定了遗传学的基础。根据这一遗传理论，确认了可以繁衍出许多种后代，根据自然的选择，特定的后代才能生存下来。随着细胞学和发育生物学的进步，孟德尔的遗传法则在细胞维度被再度研究，确认了遗传学和进化的关系。随着关于现代最有人气的词语之一的 DNA（脱氧核糖核酸）的分子生物学的研究出现，进化论得到了更有力的证明。长相、行为、特征等越相近，DNA 的近似度也越高，越远则 DNA 相似度越低。

人类和老鼠之间的 DNA 差异远远大于人类和大猩猩之间的 DNA 差异。所以人类跟大猩猩更像。这样的例子不胜枚举，因此分子生物学可以说是进化论强有力的后援军。在达尔文之后的遗传学者、生物学者、发育生物学者，甚至解剖学者、古生物学者、微生物学者等众多领域的生物学者们的研究结果都证明了进化论。

达尔文从小就很喜欢生物，也有很多机会接触生物。他快乐地游历了全世界，秉着对生物的热爱认真研究，并且发现了生物最大的特征。达尔文对生物的热情为生物学带来了巨大的发展。

达尔文是永远的生物爱好者。

【小谜题参考答案】

为什么有些动物明明很强壮，却还是灭绝了，没有存活到现在呢？

虽然有些动物很强壮，但是并不能很好地适应环境，比如吃得太多，食物种类太少，繁殖速度较慢，等等。所以当环境发生巨大变化时，它们就很难存活。

为什么不同地区的人外貌会不同？比如肤色、身高、发色等都有差别。

因为生活环境不同，不同的变异导致了核酸的信息产生差异，从而导致其他分子也不同，最终大家的长相也就不同了。

人身上有什么器官现在已经没有用处了，只留下了之前使用过的痕迹呢？

尾骨、阑尾等。

你知道世界上最大的陆龟是哪种吗？

加拉帕戈斯象龟。

什么是同源器官？你能举几个例子吗？

形态和功能可能有所不同，但是都是从同一来源传下来，并且在结构学上具有相似性的器官，就是同源器官。比如蝙蝠的翼手、鲸的胸鳍、人的上肢。

《圣经》上说地球的年龄是6000年，这种说法对吗？

不对，现在普遍认为地球已经有大约46亿年的历史了。

一个个体的变化是进化吗？

进化并不是一个个体的变化。单一个体的变化叫作变异。进化是指能够称为种的整个群体全部发生了的变化。